骨を撒く海にて、草々

雪柳あうこ

思潮社

骨を撒く海にて、

草々雪柳あうこ

思潮社

目次

写真＝紫衣

骨を撒く海にて、草々

雪柳あうこ

海際で

朝
波打ち際に落ちているボールペンを
拾いに、海へ行く
洗濯物が散った　浜辺を歩いて

ずいぶん前から
海際で　暮らしている
風呂を洗えば
足に押し寄せる冷たい波

台所は断崖
乾いた廊下は見事な砂浜
西日に焼け、スリッパなしには歩けない
生きることはいつだって潮の匂い

学校は嫌い？
だったら日がな一日
波打ち際で遊んでいたらいい

しょっぱい雫に濡れたボールペンで
〝今日は調子が悪いので休ませます〟
書き記す報せを
瓶に詰め、急いで紺碧の波間に流した

＊

昼
やがて、満ち潮
波はゼリーのように部屋いっぱいにたゆたい
澄み切らない青さの中　子を抱いてまどろむ
午後のぬるさに揺らぐ海月が
夢の中まで　白く　尾を引く

やがて、引き潮
そこかしこに残された
海藻の切れ端、小さな枯れ枝

飲みさしのペットボトル、菓子の袋
まとめてゴミ袋に入れて
掃除機をかけたら
夕飯の支度を始める

今日は久しぶりに魚を揚げよう
洗濯物は　よく乾いた

*

夜
静かな潮風に誘われ　窓を開け放つ
月の光に引っ張られて再び満ちてくる水を

各々の身に受け入れながら
暗い海底で眠りにつく
たまには　あふれる
涙に、汗に、尿になって
不意に　堰を切る

子を寝かせた後
波打ち際に落ちていたボールペンを
拾って、絡みつく海藻を払い
書き出す
遠くの海の傍らに住む
あなたへの　ことば

誰にも見られないうちに
そっと瓶にしまって、流した
海際で

とどけもの

しずかな日曜日の午後
夕方に差し掛かるころ
インターフォンが鳴る

届けられたのは
化粧箱に入った
ひとつかみの　心

とどけものを、受け取りました。早速、風にさらして水に活けて、日の当たる窓辺に飾りました。獣を飼うのも植物を育てるのもまったく得意ではないのですが、せっかくとどけてくださったから、このまましばしお預かりします。季節の変わり目どうぞご自愛を。

受領の報せは書いたものの
宛先はやはり書けないまま
生えつつある　根

今は　美しくてきれいでも
きちんと世話をしなければ
あっという間　に

いつだったか、せっかくあなたから送ってもらった心を、日の当たる窓辺に飾りました。けれど病ませてしまったのです。短い手が生え、やがて足が生え、獣の如き雄叫びを上げるのです。知らせずに黙って処分しました。どうかわたしを忘れてください。もう、とどけものはいりません。不在通知もいれないでください。

しずかな日曜日の午後
夕方に差し掛かるころ
窓辺を見つめ耳を塞ぐ

許可なくやってくるものは
いつも　恐れを孕んでいる
ひとつかみの　わたし――――――――――とど　け、も、の

すいか

小さな頃から
水っぽくて赤いその果肉が好きすぎて
祖母が　山裾の畑に植えてくれたほど

夏の初めから終わりまで
毎日のように食べていたからか
いつの間にか　赤い実は

腹に巣食うようになって

皮膚の内にまるっと抱えると
やたら周囲からも気にされて
電車で席を譲られたりもして

辿りついた真夏の新宿は
人を殺すほどの照り返し

この身の内の　温く重い果肉の中に
一つ一つは小さくとも　硬くて苦い
黒い粒々のように積み重なる記憶を
水っぽい赤に　混ぜて　閉じこめて

どこかに産み捨てられるような
何もかも捨てて変われるような
誇らしい気持ちで　はつらつと街を歩いた
（その痛みは、鼻からスイカだと言うけれど）

けれど、

ほらほら、もっと平たい靴で
大事にして気をつけて歩きなさいよと
腰の曲がったおばあちゃんに怒られる

炎天下で信号待ちをしていたら
隣のおじいちゃんに満面の笑みで

波打つ腹部を撫でられる

やめて、やめて

それは希望に満ちた真新しさではなく
やたら水っぽくてたぶん甘さも少ない
種の多い　ただの西瓜のはずなのです
祖母の家に行けば　山裾の畑で実った
一玉をまるまる食べさせてくれるから
いつも、うだる昼下がりに食べすぎて
夕飯が入らず怒られてしまうばかりの
（手も口も汁でべたべたにして、命をむさぼって）

身の内で0が1になってしまう
ことは、地球がひっくり返って
しまうほどの一大事だからこそ
この身に巣食った水っぽさでも
ぬるく甘さの足りない赤さでも
何もかもを変えてくれるのだと
わたしも思いこんでいたのです

だから、きっと　こわいのです

いつから腹に巣食った
赤く丸い水分
なかなか流れていかずに大きくなった

この腹の中身
（——目隠しで、叩き割って）

ほんとうは
何　なのか
誰　なのか
しることは

ガ

電車の中
わたしの首筋から
ふらり　不意に蛾が飛び立つ

真横のベビーカーで眠る子どもの
桃色の頬の産毛を毟ろうとする翅を
素手で大きく払うと
盛大に窓ガラスにぶつかり

向かいで眠る誰かの首筋に
すとんと落ちて
その身に溶けて　見えなくなった

……あ、すみません、わたしのガが失礼を
そう言い出す間もなく
向かいの人は　ちょうど開いたドアから
そのまま電車を降りて
どこかへ行ってしまう
（あらら、ガ、まだそこに）

ドア　ガ　閉まります　ガ　注意ください

ほんの少し　取り返しのつかないものを失って
ちりちり痛む首筋をなだめながら
ベビーカーの中で　身じろぎしはじめた子どもに
起きないでと必死に願う　永遠のような数十秒の後
開いたドアに少し焦りながら
奈落のような隙間を越えれば

ががががが、閉まるドア　ガ　軋んで　――遠ざかる

去り行く車窓は鱗粉まみれ
動き出す車両の中にひしめく
太い胴体、目玉の模様、肉食の、蛾、我、ガ、蛾、我
（だれも　が）

目覚めた子ども　ガ　ぐずり出す

ベビーカーを押してホームを遠回り
辿りついたエレベーターの前は人だかり
ため息の代わりに　首筋を押さえる
さっき　わたしから飛び立った
鱗粉まみれの小さな夢や　はばたきの裏の哀しみは
せめて　わたしの知らない遠い砂浜で
羽を伸ばしたり　するといい

天日干し

日曜日　ベランダに命を干して考える
近く遠くに見える家々の
あちこちにも　命が干されている
太陽は南を過ぎて西へゆく時刻
新しい朝の光には
間に合わなかったけれど

身籠もって　排出して

ずいぶん経ったこの身体は
あの時　誰のものだったのだろうと考える
否　今でも
この身体が　わたしのものだと言わしめる意識は
どこからくるのだろう

日曜日　ベランダに命を干して考える
少し水分が抜けてきたようだ
あちこちに干されている命は
三十年後　どうなっているのだろう
白く霞む視界の端で
遠くのビル群が音を立てて崩落する

不意のさざなみ
電波の海から　ベランダのポケットの中へ
震えながら打ち寄せたのは
あの人の訃報

いつかを
思い返す
口の中に
砂の味
ばかり
広がる

夕陽の色が心にまで映りこむ時刻

ベランダから急いで命を取りこむ
午後いっぱい　しっかり干して置いた
ふかふかの生き様に
身を寄せてくる子と共に
柔らかさの中へ潜りこむ

日曜日　明日の忙しさを思うけれど
それでも　子を寝つかせたら
もう一度そっと起き上がって
干した命の裏に隠しておいた
蒸留酒と　面影を手繰り寄せて
少しだけ泣いてから　布団に戻る

いつかの早春

早春
幼い娘を連れ　女は野原を往く
美しいのに棘だらけの緑野
茨の多い　凹凸だらけの道
分厚い雲が垂れこめるせいで
野原の随所に　暗い茂みが残っている
――気をつけて歩きなさい
頬を打つ風が　むせび泣いている

女は娘を抱いて足を速める
肉刺は痛み　野の果ては遠い
二人は時折　蒲公英の綿毛を
まき散らしては気を紛らわす
分厚い雲の下の　暗い茂みが
ほんの少しでも明るくならないかと
太陽に似た花と　空に舞う種に
まだ諦めきれない望みを託して

野原はかつて
歩けないほどの茨の海だったと聞く
母が　祖母が　曾祖母が

手足を血だらけにしながら
やるせなさをこめた指先で
ひとつひとつ　茨を抜いていってくれたのだと
――気をつけて歩きなさい
頬を包む風はまだ　むせび泣きつづけている

うっかり転んだ娘を庇った弾みに
茨に引っかかれて血が滲んだ腕を
娘ごと祈るように抱きしめ　女は道を急ぐ
消しても消しても胸に灯る
花明かりのような望みを
掻きむしりながら　地平の先まで
――気をつけて歩きなさい

頬を打つ風の鳴き声が　聞こえなくなる日は　いつか

そう　いつかの早春
遥か未来の野原を往くあなたは
視界の果てまで広がる緑のつややかさに
我を忘れてうっとりするといい
昔　緑野が灰色の茨の海だったことを
やるせなさを赤く滲ませた指先を
茂みを避けて急ぐ肉刺の痛みを
誰かの悲鳴のような風の声を
何ひとつ知らない顔の　青空の下で

*

青へつづく途

快晴
薄硝子色の空の下に広がる
なだらかな緑の丘の上から
遠くに広がる
水平線を　見つめる

丘から海まで花で満たそう
そう思ったのはいつだろう

ぽつりぽつり咲くけれども
痩せた土　雨季乾季　日照不足
なかなか　花畑には程遠い

変えられないものを
受けいれるだけでは
花々は咲かないのだ

快晴
だと信じていたけれど
薄硝子色の空の本当の色は
海よりも青いのだと聞いた
知らないことばかり

きれいに咲いた花は　昼食に添えよう
エディブルフラワーを散らした
七色サンドイッチを召し上がれ
何事も　食べて力をつけてから
未知の大海に立ち向かうために

飲みこみ難いものを
受けいれるだけでは
花々は咲けないから

快晴
薄硝子色の空の下に広がる

なだらかな緑の丘の上から
遠くに広がる
水平線へ　旅立つ

たまには種を蒔き　時には手を振ろう
この空に広がる薄硝子を
割り砕いてかき混ぜたような
透明さで波打つ青へと
つづく道の途から

金魚草

午後の玄関はいつだって、時が降り注ぐやわらかな水底だった。ぼーん、ぼーんと、柱時計が午後二時を告げるのを合図に、わたしはいつも金魚に変じた。土間の植木鉢に咲く金魚草の狭間でそっと尾を振ると、たゆたう水はほころび、金色の陽光は水底に波模様を描きだす。安心して少し息を吐くと、小さな空気の泡が連なって天井へと向かっていく。こぽぽぽ、こぽぽぽ。

玄関の引き戸はいつも網戸なので、誰が来てもすぐにわかる。ごめんくださーい、と野太い声がするたびに、わたしは水底に咲き乱れる花々の間に身を潜めた。金魚草はレモンイエローの花を掲げ、わたしを午後の片隅にそっと隠してくれる。空気が漏れないように、必死で息を殺す。こぽ、ぽ。客は祖母が育てている胡蝶蘭の蕾を確認すると、値段がどうのこうのと言いながら帰っていく。気配が去ると、わたしはほっとして花々の間から顔を出す。水底の向こう、遠くの鉢植えからヴィオラが目配せを返してくれた。こぽぽぽ。

祖母は蘭の花を確かめながら、ふとわたしを振り返る。いつも一人でさみしかろう、これで遊ばんね。祖母は花切り鋏をわたしに手渡す。わたしは金魚をやめて両肢を生やし、声を取り戻す。じゃあ、おままごとしていい？よかよ。祖母は納屋から、祖母の父が使っていたという古い木製のおかもちを土間に持ってくる。午後の光にくろぐろとひかる古木を軋ませて、中に詰まっていた幾つかの弁当箱を取りだす。花たちが一斉に息を呑む。

蘭以外は庭と玄関にある花を好きなだけ取っていいと言いおいて、祖母は畑へ行ってしまった。わたしは生えたばかりの肢を少し持て余しながら、午後の土間でぐるりとあたりを見渡し、それから金魚草の色とりどりの花先を、ちょきんちょきん、千切った。金魚のままだったら花たちの金切り声が聞こえただろうけれど、多くを受け取れない人のかたちはこんな時だけ便利だ。大きく息を吸って、吐く。

時が光となって降り注ぐ中、わたしは午後の底で古びた木製の器に花を散らし、遠き亡き人たちに弁当を拵えた。材料が足りない。鋏を握る。わたしは人だと自分に言い聞かせて、水底の花々を千切る。ふわふわと頼りないレモンイエローの金魚草。花弁の一部がめくれたヴィオラ。千切るとすぐ茶色くなってしまう梔子。南天の実。ピンクのゼラニウム。真っ赤なダリア。群れるオレンジのポピー。葉牡丹は一枚ずつ引き剝がしてレタスの代わりにする。石壁に自生していたスミレも、パセリに見立てて飾る。

祖母が畑から戻ってくる。あら、きれいにできとるね。いただきます。この黄色かと、おいしかね。おばあちゃん、今日はお弁当、たくさんできたよ。おじいちゃんにもどうぞ。花弁当のひとつを受け取った祖母は、仏壇にそれを捧げて線香をあげ、おりんを鳴らした。香が鼻先まで漂ってきて、まだ残っていたえらがぴくりと緊張した。わざと少しむせてみせる。ごほ、ごほごほ。

おやつばたべようか。すいかが冷えとるけん、あがってこんね。祖母の声にわたしは首を縦に振る。さようなら水底。すでにわたしは金魚ではなかったけれど、ここでしか吐けない、小さな泡が好きだった。こぽぽぽ、こぽぽ、ぽ。ぽ。

柱時計が音を立てた。ぼーん、ぼーんと、午前二時。夜に沈む玄関を横切り、母屋の厠へ向かう。天井裏では鼠が足音を立てている。ごとごと、ごとごと。ふと土間を見やると、片づけしそびれた朽ちた木製の箱の中で、花々は声もなく萎れている。真夜中の水底は沈黙し、瞳を得た夜がわたしをじろり、と見つめる。

夜の水に満たされた玄関を、尾鰭の名残だけを生やした中途半端な姿のまま、横切る。屍に満ちた夜の中、蕾を閉じた蘭だけが、まもなく売られていく事実にただ俯いていた。土間に降りると、青い水底が、つめたさでわたしの肢を縫い留めてしまった。祈りにも懺悔にもならない声を吐く。こぽぽ、ぽぽ。金魚草は笑みのかたちのましなび、ヴィオラは白目を剝いてわたしを見ている。夜が手を放してくれないので、どこへも行くことができないわたしの尿意は堰を切り、ひれに似た夜着をただ重く濡らした。

夏の秘密

立ち向かう夏は　目の高さまでの萱だった
切っても払っても　緑の壁は抵抗をつづけ
時折　蛇や毒草を　刺客として差し出した

大人たちが眩しさに辟易してしまう頃
萱を僅かに切り倒した空き地の隅を　秘密基地と呼んで
幼いわたしたちは　夏への勝利を喜んだ

だれにも　ひみつだよ

日の高さまでの萱が覆い隠す　その死角
夏に眩む大人には　何もかもが見えない

皮膚を浅く断つ
青く細長い刃は
まだか細い腿の
白い内側にまで
無数の傷を作る

秘密基地に残る一滴の血痕を
隠すように覆ってしまう砂埃

だれにも　ひみつだよ

蛇も毒草もむしろ優しかった
萱草が隠し切れなかったのは
誰かの低く太い　掠れ声だけ

だれにも　ひみつだよ

あの夏から何年か経って
住宅街の最後の空き地は
整地されると噂を聞いた

だれのための　ひみつだったのだろう

萱草をすべて切り倒しても　日の下に晒されることはない
繰り返し血を流すようになったこの身は
最近夏に眩んでばかり

十月の桜

十月だというのに
桜が　咲いていた

今はもう遠い秋に訪ねた
体が自由に動かない人たちのための
コロニーという名の巨大な牢獄には
光に満ちた中庭に　桜の樹があった

黄ばんだ部屋　四つのベッドを申し訳のように区切る
糞尿の臭いが染みついたカーテンを
少しでも白く美しく見せるためか
それとも　一人ではどこへも行けない体が
ただ生きることを必死に寿ぐためか
十月だというのに　桜は
忙しく咲いて　はらはらと散っていた

あなたに会いに来たのです
恐る恐る発したわたしの声
は、するりと流れて消えた
花の一片にもなれなかった

すべての日常が完結されるコロニーでは
どんな夢も抵抗も　静かに枯れてしまう
尊厳などないよ、ただすり減る日々、と
うつむく額は　深まる秋の色をしていた

十月だというのに
桜が　咲いている

街中でふと　狂い咲きの桜に出会う時
コロニーの方角から来た　花攫う風の
うっすらとした生きることの臭さは
時折わたしの秋を照らし　かき乱す

体が不自由なのではなく
忙しない社会がその体を無力にして
四つ切の狭い部屋へと押しこめたのだと
カーテンが翻るたび　風は吹きこみ　花は踊る
今日もまた　コロニーで生涯を閉じた命を
なかったものにしないために

白刃を　閃めかせるように
問いを　突きつけるように
十月の
桜が

彼女の冬

彼女はわたしの画面の中に、棲んでいる。

こちらを振り返る顔は半分闇に沈んでいて、もう半分はよく表情を変える。年老いているようにも、若いようにも見える。誰なのですか？　問うても応えはない。ただ、半分の闇を湛えたまま、じっとこちらを見ている。まもなく、冬がくる。

彼女の背後では、時を止めた夕陽が沈んでいこうとしている。向こうで誰かが立ち話をしている。彼女とわたしは静かに見つめあう。あなたのいる場所はいつも美しい夕暮れですね。そこで生きるのは、大変ですか？　問うても応えはない。ただ、止まる時に抗うような、ゆるやかなまばたきだけが返る。
まもなく、冬になる。

ある日、わたしの画面に突然、凩《こがらし》が吹いた。彼女の姿は吹き荒ぶ粉雪の向こうに見えなくなった。わたしは液晶を壊すほどタップして、彼女を探した。デジタルの向こうに飲まれかかっていた彼女が、時を止めた夕陽と共にゆっくりと浮かび上がる。ああ、よかった。安堵したわたしに初めて、彼女から応えが返った。

このまま休ませてくれても、よかったのよ。

彼女の顔をタップすると、顔に湛えられた半分の闇が乱れる。画面の中で時が動き出せば、彼女は太陽もろとも深い闇に沈むだろう。留めることと進めることを両立するために、必要な呪文は何ですか。わたしが探して捧げるまで、待っていてくれますか。問うても応えはない。ただとめどなく、冬が広がる。

夜明けの鳥

繰り返し夢から目覚めれば
わたしは森の中にある
高い塔の屋根裏に棲まう
名もなき鴉
微睡みを振り払い
朝の訪いに応えて飛び立つ

海のように広がる

眼下の森を飛び越える
地平のすべては深い緑
本物の海はどんな命を内包し
肌理細かい砂浜には
何が打ち寄せるのだろう

曇天の地平が金色に焼けはじめる
焦がされて　一声　高く鳴けば
緑の森は　北風にごうごうと波打つ
水平線まで飛びたいと願うけれど
太陽に焼かれこと切れる勇気を
ついぞ持てないままで

＊

繰り返し夢から目覚めれば
わたしは海の傍にある
岸壁の片隅に暮らす
名もなき鷗
ここは　再びの夢の中か
朝の訪いに応えて飛び立つ

森のように広がる
珊瑚礁の上を飛び越える
水平のすべては深い碧

本物の森はどんな命を内包し
羊歯の生い茂る下草には
何が降り重なるのだろう

曇天の水平が金色に焼けはじめる
焦がされて　一声　高く鳴けば
碧の海は　南風にざわざわと騒めく
地平の果てまで旅したいと願うけれど
月に看取られる勇気を
ついぞ持てないままで

＊

繰り返し夢から目覚めれば
ここは森か　それとも海か
木々の葉擦れは　嵐の近い海のざわめき
岩場の潮の香は　苔生した土のほころび
金色の太陽に急かされて
目を眇めながら　今日も飛び立つ

卵を産み　子を孵し　命を繋ぎ
役目をまっとうし終えても
すべては幻のように不確かだ
森を　あるいは海を　目指すのは
勇気だけでは到底できないことだ
なのに　だからこそ　年老いた翼の根は疼く

繰り返し夢から目覚めれば
わたしたちは
名もなき鴉　名もなき鷗
交ざりあう幻に焦がれながら
何処へもゆくことのできない夢現を
ひたすら飛ぶ　名もなき命

*

嵐

僕たちの間にしかない海は、いつも地獄のごとく沸騰している。熱の嵐の中、僕と君はいつも沸きあがる蒸気を避けて、大回りした先の黒い浜辺で落ち合う。溶岩が冷えてできたその場所もまた、灼けつく熱を凝らせていて、僕たちは大抵冷静ではいられない。どうして煮つまっていくばかりなのだろう。冷やした息で精一杯抗っても、どろりとした水面はただそれを飲み込んで蒸気を噴きあげるだけだ。涎、涙、汗、血。少しでも水気のある心を捧げてみても、粗末な貢ぎ物に海の女神は哄笑し、海底は噴煙に弾ける。僕たちが静かな凪の日を迎えるためには、どれだけの犠牲を払わねばならないのだろう。

目の前の狂った嵐に漕ぎ出すべく、僕は心臓を抉り出して、絶対零度の黒い秘薬を作る。動脈を削っている間にまた、海が蒸気を噴きあげる。それを抑えるために、少しずつこの身を捧げる。目、鼻、口、舌。もし熱に荒れ狂う海を二人で渡り切れたなら、その時には君に永遠を約束したい。爪、髪、手、足。海の女神の嬌声を、残された皮膚の振動で感じとる。いつか辿りつく水平を夢見ながら、ひたすら心臓を黒く硬く冷え固まらせて。滾る四肢と凍る体幹。飢え死にするなら革命で死にたい。そんな人たちが世の中を変えてきたというのなら、熱に沸く海を前に、僕や君という名の覚悟をきっと持てるはずなのだ。

ほしがり

わたしたちは、ほしがりなのだよ。

あなたの深い声が響く夜の森の中、仄暗い背中を必死に追いかけたのが、最初の記憶。のっぺりとした黒い天蓋を飾るのは、かよわいけれど確かな無数の光。あなたは虚空に手を伸ばし、星を狩ると、物心もつかないわたしの耳朶に、青白い星を飾った。星を埋めた耳朶は、ふんわりと発光した。

暗い道でも一人で歩けるだろうと、あなたは笑った。

わたしたちは二人きりでずいぶん長い旅をした、いつからいつまで、覚えていない。ただ、行く先々で、わたしたちは夜空の星を狩りつづけた。時に磨いて街に売りに出して、余った分は道に放った。気に入った星は目の縁に、爪先に、鎖骨に、手首の内側に。あなたは幼いわたしに星を埋めては、わたしをほんのり光らせて喜んだ。

気づけば、あなたの背中を見失ってずいぶん経っていた。あなたから仄かに光るわたしが見えるのかもしれないが、わたしからあなたを見つけることはできなかった。それでも、夜空の星を狩りつづけた。時に磨いて街に売りに出して、余った分は道に放った。生きるには十分なのに、それでもやたらと星が欲しくなった。

星にも寿命があるらしいと知ったのは最近のことだ、耳朶の星は血を透かした色に変じ、残りの命を賭して燃え上がる予兆に満ちて輝く。それでも、そのせいで、わたしの来た道も行く道も、目の前にぼんやりと浮かび上がっている。何とまぁ明るい道だろう、昨日と変わらず生きるのには十分なほど、なのに。

わたしたちは、ほしがりなのだね。
己の深いため息が響く夜の森の中、仄暗さに浮かぶ近くの茂みから、幼い
二つの眼がのぞいている。

金木犀の沼

秋曜日、金木犀の沼底一丁目の
あなたの眠るその場所を訪ねる
夏の間に　沼はいつも干上がっていて
宛先を探すのに　毎回手間取る
薄い布靴　じわり　水が染みて
ようやく探り当てたら　芳香
辿りついた安堵で　こぼれたため息を
甘い香の帳の裏へ　あわてて隠した

秋曜日、金木犀の沼底二丁目の
水のある深みでは
二匹の魚がくるおしそうに
じたばた　じたばた　とまぐわっている
魚たちの生き様に蹴散らされる
黄金色の小花の無念を弔う間に
いつの間にか掻いていた　一夏分の汗が
甘い香の隙間から　潮の匂いをさせている

じたばたするのは
そうするほかないことだから　とあなたは言った
そうするほかないのでしょうか　とわたしは問う

必死で咲く花は　一体どこに
なまぐささを隠しているのでしょう
魚たちから甘い香がしないのは　なぜ
生きることが　夢見ることと同じほど
上手くなれる日も　くるでしょうか

こたえのない　問いがこごって　冬になる

秋曜日、金木犀の沼底一丁目から
染みの残る靴で　帰途につく
また来年？　ええ、また来年
けれど　宛先が同じ場所とは限らない
秋はすべて　幻なのだから

立ち込め　あふれ　消える芳香
黄金色の小花が織りなす沼のどこかで
魚たちはまだ　大きく跳ねている

蝶

あなたがわたしの指に結んでくれたのは、蝶の形をした願いだった。小さな宝石のような模様を抱いて、蝶はわたしの指に棲みついた。流れる甘い血は吸い上げられ、指は鱗粉に塗れてかさついた。蝶はそれでも肥えない。痩せた願いだけが、あなたがいなくなった後も残りつづけた。

いつまでここにいるつもりなの。わたしは蝶の薄い翅を摘んで訊いてみる。さぁねぇ、と応えが返る。指は歳をとる。皺の間深くまで鱗粉が入り込んで、皮膚と同化する。帰る場所はないの。さぁねぇ。指と蝶は身を擦り減らし、一体となって朽ちてゆく。

その朝は不意に訪れた。永らく脚に絡みついていた願いの糸は、強い風に解けて切れた。それに気づいた蝶は、枯木のように乾涸びた指の上でゆっくりと、戸惑うように翅を瞬いた。蝶は飛び立とうとした、けれどもう、遠くへ飛ぶだけの力は残っていなかった。

わたしは枯枝に成り果てた指を折って、指ごと蝶を空に放つ。弧を描いて飛んで行く軌跡には、鱗粉がきらきらと夢のように降る。願いに生きるのは幸せだった？　さぁねぇ。わたしはあなたの横顔を思い出しながら、指一本欠けた手を撫でた。どこも痛まなかった。

枝

そういえば、わたしたちは枝だった。元を辿れば太い幹、命の発祥を同じくするものだった。大きな分岐で分かれ、そこからは別物のように育ってきた。朝だけはよく陽があたる東向きの、上過ぎず下過ぎない位置で、わたしたちは不意に出逢った。強い風が吹くと軽く背同士が擦れ、指先が時折触れあった。やがてわたしたちは互いを探し、腕を伸ばすようになった。朝の光へと伸びる皆から離れて、ほの白さの中で抱《いだ》きあう。出逢ってみれば、わたしたちはよく似ていた。指先が絡まりあえば、あとはとめどなかった。寄りそい、次第に一体となった。嵐の日には激しく擦れあった。

花が咲き、わたしだけが実を付けた。あなたはわたしより早く老いて枯れはじめた。あなたが堅さを失うと、わたしたちは斜めに傾いた。一度結びついた絡まりを解きほぐすのは難しいことだった。あなたがわたしの背にのしかかると、わたしの右腕はぽきりと折れた。あなたは息を呑み、わたしは息を吐いた。

夜明けの青い空気の中、陽の光へ向かうのを止められない本能。けれど、老いたあなたの腕はそれに抗って、また、わたしを探した。いつくしむためだけに、だらんとぶらさがったわたしを支えようと、あなたが精一杯腕を伸ばす。

そういえば、わたしたちは枝だった。風の力を借りておそるおそる睦みあい、互いの重みを抱きなおす。やがて我を忘れるほど擦れあう。

朝の白い光が互いの影を透かす。今度はあなたが実を付け、わたしは少し老いた。折れた右腕の傷口には小さな緑の芽が生え、青空を探し求めている。そういえば、わたしたちは。元を辿れば太い幹、命の発祥を同じくするものだからこそ。老いと若さを、堅さと柔さを、絡めあいながら連綿と。少しずつ変容しながら、変わらずに。

凪

砂浜で拾った　古い手紙は
そこで一度　途切れている

「……この世にあって　この世ではない
ひとときのことを
わたしはいつしか
凪と　呼ぶようになりました

べたつく潮風も
鳴りをひそめる　ひととき
わたしたちが　世界のまんなかに
立っていることを知る　ひととき」

読み取れない消印は　かすかな海の匂い
手紙は　そこでもう一度　途切れている

「……今日は　海の傍で
お目にかかれて　よかったです
よろこびの正中線　かなしみの水平で
またいつか会いましょう　――草々」

読み終えると　古い手紙は
砂になって消えた
短い返事をしたためたら
明日　海に行きます

*

火葬

冷たくなった頰の横に
わたしとあなたが二人で写った
十数年前の写真を　入れる

わたしとあなたは花に埋まり
やがて棺は閉ざされて
わたしはあなたと一緒に　焼かれる

生者は　死者をふと　身近に感じるのだから
その逆もあると信じて　炎に耐える

春風はまだ吹かない

春風はまだ吹かないし
世界はまだ孵化しない

　春は、不死なる魂

深まる花糸はまだか
深まる花芽はまだか

春は、爆ぜた枷

遥かな高風急かし
遥かな詩歌吹かし

春は、伏せない瞼

忌々しい世々は　是か
はたまた何故　不可か

春は、哀しい意思

降る花々
経る花々

生は、果たせましたか

おもたい

長患いに痩せ細った祖父は　死ぬ前
風呂に入れれば　その湯が
服を着せれば　その衣が
おもたい、——おもたい、と
呻くように呟いていた
普段気にすることもないものたちの　重みを

故人の服を捨てようと
集めてまとめて袋に入れれば

一枚二枚では感じなかった
衣の重みがずっしりと
袋を持ち上げる指に
引きちぎれんばかりに　食いこむ

袋を引きずり　よろよろ歩く
おもたい、――おもたい、と
呻くように呟いている
ようやく辿り着いたリサイクルステーションに
祖父の一部だったものたちを投げうち
よきものに生まれ変わってくださいと
袋の重みに　真っ赤に腫れ上がった手のひらを
小さく合わせてから　すぐに去る

葬送

葬送は　滞りなく終わっていきます
炎があなたを無にする間に
わたしの影法師の中に住んでいたあなたも
遠くへ　旅立とうとしています

蒼々とした　かなしみの水平で
あなたのかたちをしたわたしの影は
空の果て、海の果て、陸の果て、

一人きりで　どこまで　どんな旅をするのでしょう

早々に　今日はもう帰りましょう
旅立つものを追いかけて逸らぬよう
戒めの代わりに　まだ熱い骨の欠片をひとつ
ハンカチに包んで　こっそり胸元に差し込んだら
数珠を握りしめて跡がついた手のひらを
ゆっくりひらいて　とじて
バスには乗らないで　いつもより少し長く歩いて
まっすぐ　夕焼けだけを目指して
もう誰も住んでいない　大きな影法師を
ウェディングドレスの裾のように　波打たせて

そうそう　あなたはこれから
雪に、月に、花に、なったりするのでしょうから
果てなき輪廻の旅　お忙しき折
　くれぐれもご無理のありませんよう

葬送は　滞りなく終わりましたから
今宵はこれにて　ぐっすり休みましょう
もし叶うなら　また明日
かなしみの蒼い水平で
あるいは空の、海の、陸の、
すべて美しい色彩が生む　濃い影法師の端っこで

特急列車

窓が大きな特急列車は
速いスピードで山道を行くから
腕時計の反射で
あなたの頬に生まれる太陽は
小さく震えながら
何度も　日食を繰り返している

遠い、遠い、それは遠い道のりだ
窓際でありとあらゆる空を見つめ

眠りをさまようあなたの右手は
わたしの左手に軽く触れている
頬に生まれる空模様を眺めていると
指先がふと　わたしを探す
ここにいます、と指を絡めて
夢の中へ　小さく返事をする

過ぎるのを待つ時は長い

寄り添わない世界線はあったのか
真っ直ぐな線路　横たわる枕木に
答え合わせをお願いする

特急列車は長いトンネルに進み
あなたの頬にも夜がやってきた
けれど　それはすぐに途切れて
車窓にはいつしか夕方の街並み
あなたの頬で今日最後の太陽が
生まれ、欠けて、そして消えた
長すぎる時間と距離に耐えかねて
大きな窓から　一息に飛び降りる
――目を開けて夢を見ていた
もうすぐ終点なのですね
ほら、起きて下さい

あっという間でしたか?
わたしには　何光年のような時間でした

今日は　ここでお別れしましょう
わたしはこの駅で電車を乗り換え
　次の特急列車で、宇宙まで

今度　特急列車に乗るときは
わたしが窓際の席で少し眠るから
あなたには　起きておいてほしい
そして　指輪の小さな反射で
わたしの耳に生まれるひとつ星の
行方を占ったりしてほしい

骨を撒く

陸風と海風が入れ替わる時
どこにも　風は吹かない
だからわたしは　夕凪に
あなたの骨を　撒きたい

朽ちてゆくあなたの亡骸を
日がな一日　眺めて過ごした
海の傍で　二人きり

ずいぶん長く暮らしたせいか
水に沈めることも
火にくべることも　できず

打ち上げられる珊瑚たちの
小骨のような白い死骸と
波と風に洗われたあなたの骨の
見分けがつかなくなる前に
ようやくあなたをかき集め
泣きながら砕いて　粉にして

骨を　撒く

足元の砂
に混ざり
わたしに
ぐずぐず
降り注げ
あなたよ

ニライカナイへ返さねばならない
あなたを　一握りでも留めたくて
強い風から逃げ惑うわたしを
どうか許してほしい
海と同じ味がする
涙の枯れなさに　免じて

あなた亡きあと　たった一人
巨鳥の卵の殻で作った
硬くもどこか脆い舟ひとつで
美しくも恐ろしい広がりを
渡らなければならない
わたしの孤独に　免じて

太陽が恭しく水平線に口づける時
どこにも　凪は吹かない
だからわたしは　夕凪に
あなたの魂を　抱きたい

骨を　撒く

巡りあい
くり返し
わたしに
なんども
降り注げ
あなたよ

骨を　撒く

わたしが
あなたが

わたしに
あなたに
わたしへ
あなたへ

骨を　蒔く

初出一覧

海際で　第37回国民文化祭「詩（ことば）の祭典」文部科学大臣賞　二〇二二年十月
すいか　詩誌「La Vague」Vol.1　二〇二三年十月
いつかの早春　Somaia Ramish・柴田望（編）『NO JAIL CAN CONFINE YOUR POEM 詩の檻はない――アフガニスタンにおける検閲と芸術の弾圧に対する詩的抗議――』二〇二三年八月
青へつづく途　詩誌「La Vague」Vol.0　二〇二三年四月
金魚草　詩誌「Rurikarakusa」Vol.24　二〇二三年十二月
夏の秘密　詩誌「La Vague」Vol.1　二〇二三年十月
十月の桜　第23回白鳥省吾賞　優秀賞　二〇二三年三月
夜明けの鳥　詩誌「凪」第三号　二〇二三年八月
金木犀の沼　詩誌「mare」Vol.2　二〇二四年五月
枝　詩誌「La Vague」Vol.3　二〇二四年十月
凪　「朝日新聞」夕刊「あるきだす言葉たち」二〇二三年八月二日
火葬　山梨日日新聞「月間詩壇」二〇二一年五月二十三日
葬送　詩誌「Rurikarakusa」Vol.24　二〇二三年十二月
骨を撒く　詩誌「凪」創刊号　二〇二二年十二月

骨《ほね》を撒《ま》く海《うみ》にて、草々《そうそう》

著者　雪柳《ゆきやなぎ》あうこ
発行者　小田啓之
発行所　株式会社思潮社
一六二-〇八四二　東京都新宿区市谷砂土原町三-十五
電話　〇三-五八〇五-七五〇一（営業）
〇三-三二六七-八一四一（編集）
印刷・製本　創栄図書印刷株式会社
発行日　二〇二四年十一月二十一日